てのひらを差し出す

間野　菜々江

二〇一〇年—二〇一四年

目次

冬の海の写メールを送り返信を待つ間の海がさらにきらめく

二月、前夜に積もった雪が解け始めている朝でした。
友人が、牛窓神社で一弦琴の演奏を奉納するので聴きに行きました。
牛窓神社に上がる道は二つあります。
車で神社の裏口まで上がる道。
そして浜辺からの長い石段を海沿いに歩いて登る道。
わたしは必ず石段を登ります。
石段を一段ずつ上がるたびに、見下ろしてゆく海の表情が変わり、
その美しさにしばらく見惚れてしまいます。
瀬戸内の海は冬の終わりが一番美しいように思います。

厳しい冬ももうすぐ終わります。

夏帽子ことし初めてかぶる日の駅前通りの百合樹《ゆりのき》に花

通過する路面電車の窓のなかセーラー服の白き襟見ゆ

むかし、専門学校へ通うために岡山駅から清輝橋まで、路面電車で通学しました。
窓ガラスから差し込む光が、季節によって、柔らかかったり、強かったり、
床に揺れる光を眺めているうちにすぐに終点になります。
夢が弾けそうな時代。
そのころは樹の名前など知りませんでしたが、
電車通りの両脇の大きな樹は百合樹というそうです。

クロネコ便停まれば揺れてそのたびに紫陽花の青ふかまりてゆく

会社の玄関前に紫陽花を植えていました。
他の花はすぐに枯らしてしまうこともあったのですが、
紫陽花は毎年ぐんぐん大きくなって、
梅雨のころには立派な花を咲かせてくれます。
宅急便のトラックは、営業所が近かったこともあり、
毎日八時五分に荷物を運んできてくれます。
両手で大事そうに手渡ししてくださる姿がありがたく、玄関前で待っています。
紫陽花の花もお辞儀しているように見える六月です。

まなうらに水鳥の群れ浮かぶ夜は守りたきもの数へてをりぬ

短歌を習い始めた年の冬に、教室の仲間と山陰へ旅行しました。
生まれて初めて白鳥の飛来を見ました。
頭上の空を、白鳥が真っ白い羽をゆっくりと翻し、野へ降り立つ様子は、
それは神々しく美しいものでした。
水鳥公園では、たくさんのカモの群れが身体を寄せ合って丸くなっています。
人間も鳥も生きることは切なくて愛おしい。

夕去りて灯ともりそめし造船所のクレーンの上に金星ひとつ

愛媛県今治市に仕事でよく行っていました。
今治に行く時は、瀬戸大橋ではなく、しまなみ街道を通ることが多いです。
尾道から向島、因島、生口島、大三島、伯方島、大島。
小さな島々を渡っては降り、渡っては降り（今は一直線で行けるのですが）。
農家さんのみかんやレモンの直売所など、ついつい寄り道をしてしまいます。
尾道に戻り着くころに見る尾道水道の対岸の灯もとても好きです。

木蓮の花芽の固き如月の朝めづらしく積もりゆく雪

ため息をひとつこぼしてわが膝で死んでしまへり飼ひ猫チャップ

いつぴきの猫が居なくなり仕事場はあまりに広し玻璃窓に雪

近所のチャップリンの顔に似た猫がたくさん仔猫を産んだ年、
最後まで貰い手のなかった猫が、会社に居座るようになりました。
ときに仕事のじゃまをしたり、来なければ探しに行ったり。
それでも一緒に過ごした三年が、かけがえがなかったことは、
あとからあとから思い出すようになりました。

いつだったか、社長とケンカになり、
「会社、辞めます！」と言ったとき、
「チャップの餌は誰がやるんか！」と。
そんなひき止め方もあるのかと腹立たしく思いながら、
チャップのおかげで、仕事続けています。

白梅は咲いたかと訪ね来し父がいまだ咲かぬを見て帰りゆく

実家を出て会社に住まいを移しました。
と言っても、実家から車で二十分くらいの距離で、
すでに定年退職していた父はよく訪ねて来ていました。
わたしも日中は仕事をしているので、父のことは構っていられなくて、
父は黙って帰って行くことも多かったのです。

水浅き春の小川にしろじろとしじみの殻の開きてをりぬ

花桃も実桃もいちどに咲く道を内職の人に仕事を運ぶ

明け方に桃の授粉を終へしのちミシンを踏むとふ内職の人

内職さんというのは、家庭にミシンを置いて縫製をしてくださる方たちです。
わたしはこの年季の入った人たちから縫製を習ったと言ってもいいくらいなのです。
街中ではなくて、郊外に暮らしている方が多く、
あちらこちらによく仕事を運びに行きました。
わたしよりもずっと年配のこの方たちは、とにかく働き者です。
そして、仕事に対してとても厳しい。
今は厳しいことを言ってくれる人が減りました。

書店にて人を待ちつつ待つてゐることを忘れるインクのにほひ

待ち合わせの場所に本屋さんを指定されると迷わずに済みます。

これが駅などを指定されるとおおかた西か東か迷ったり、
カフェもなかなかたどり着けません。

また、本屋さんだといつまでも待てます。

でも相手に本屋さんの中にいるわたしを探させていることが多いかもしれません。

刷りたてのインクの匂いが好きで、だからわたしはいつも新刊のコーナーにいると思います。

ひつたりとまつげおろしてねむる子のねむれる間に熟るる白桃

一日をかけて障子をはりかへて夜の畳に風ところがる

コピー機のシアンばかりが減つてゆく夏の終りにまた買ひにゆく

夏が逝きサーカスが終はりゐのころを抜けばききゆつと空き地が鳴きぬ

仕事場に住みこみ階段登り降りいくたびもせり　夕日がきれい

わが肘に谷川のみづ伝ふときわれより始まる分水嶺あり

人生にはどうしても、どちらか選ばなければいけないという時があります。
そして選ばなかった方のことをいつまでも考えてみたりもしてしまいます。
それでも自分が選んだ道、信じて生きて行こうと思うのです。

潮騒を閉ぢ込めながら楽車《だんじり》が過ぎゆけばまたもどる　潮騒

布を裁つ汝の鼻唄きこえきて冬のはじめは春に似てゐる

少しだけ席を外せばかかりくる電話に出る汝われの声音《こわね》で

裁ち鋏ふたつ並べて灯を消して姉妹のごとし四半世紀

彼女と一緒に仕事をするのは、四半世紀をとっくに超えました。
わたしも彼女もおしゃべりではないので、
仕事のときは、布を裁つハサミの音や型紙を引く鉛筆の音、
ミシンを踏む音ばかりが部屋に響きます。
ときどき何かしゃべらないと……なんて思う後ろで、彼女の鼻唄が聞こえてくると、
なんだかふっと安堵感に包まれます。
そう、「声が似ている」ともよく言われます。

正月の漁港に並ぶ烏賊釣りの舟べりを打つさざなみの音

青鷺の一羽が止まる舟べりに音立てながら潮の満ちくる

ポール・デルヴォーを巡りつつ見る窓の雪がしだいしだいにふぶきはじめぬ

美術館の扉開きて粉雪とともに青年ひとり入りくる

鳩の声とぎれとぎれに聞こえつつ夢を見てをり　春の暁

蛤汁にひとひら浮かぶ絹さやのごときうすさの思慕のありにき

小雨降る芝生に下りて早春を告ぐる山鳩のやはらかなこゑ

落ちさうと思ひてをれば木蓮のどうと落ちたり花びらの嵩《かさ》

細き道われを追ひ越し人がゆくせつな桜の花びらが散る

揚雲雀大きなバッグに棲まはせて姪はときをり呼び出されをり

就職ができないことを爽爽《さはさは》と姪はうちあけアルバイトにゆく

たったひとりの姪がいます。
すこし古風すぎるこの姪を、自分の子供のようにハラハラと見てきました。
彼女とわたしの共通点は長女であることでした。
言い訳がきらい。
誰にも相談せずに自分で選択をする。
泣かない。

いつか泣くための胸を貸してくれる人に巡り会えますように。

雲に乗るたつたひとつの方法を試してみたし　水たまり踏む

子供のときのように躊躇なく水たまりを踏めればどんなに素敵でしょう。
子供のときのように躊躇なく屋根にのぼることができればどんなに素晴らしいでしょう。

そんな景色をまた見たくなっています。

白い服を縫ひつつ夜は深まりて表と裏をまた確かむる

口を閉ぢひたすらに針を動かせば明日来る人に渡せるだらう

投げ出したき仕事もあればすがりたき仕事もこなして夜が深くなる

縫ひ終へてミシンのスイッチ切りしのちモーターの音しばらく続く

まつすぐなメタセコイアに額《ぬか》をあて疲れたと言うてもみたし晩夏《おそなつ》

川風はキバナコスモス揺らしつつぼんやりしてゐるわたしも揺らす

いちめんのキバナコスモスそよがせる川風のなか誰待つとなく

晩夏のまだ暑さが滲むこの時期に、河川敷一面にキバナコスモスが咲きます。
この黄色は余計に暑さが目に染みるように思っていましたが、
それでも夕暮れに水辺を歩くと、少し風が和らいで、
お疲れさまと言っているようにも見えます。

夏の終りはなんとなく人恋しくも思います。

二百段登り来たりし境内にUターンせしスパイクの跡

家の近くに國神社という小さな神社があります。

岡山市内を眺望できるくらい素晴らしいところですが、とにかく石段がきつい。

ここが有名なのは、中学や高校の野球部の男子たちが。掛け声かけながら上り下りする風景が見えることです。

下から見上げるその風景は崖を駆け登っているごとくです。


一度、わたしも頑張って登ってみました。

中腹で二度ほど休みながら、それでも登りきったところで、膨大なスパイクの跡がありました。

たぶん、彼らは拝むことなく降りたのでしょうね。

秋彼岸とび交ふ蜻蛉をよけながら山の墓道ゆつくりのぼる

墓の草を抜きつつ父母が交はしあふこの世にゐないこの世のことを

群れをなしたゆたふ蜻蛉それてゆく一匹もありて秋空広し

親孝行らしいことは何もできず、ただ、先祖墓参りには毎年、両親と一緒に行きます。
そして、いつも先祖のことを聞かされます。
早くに両親を亡くした祖母のこと、戦死した叔父のこと、
代々続く家系のことを父はよく知っています。

九月、秋茜が飛ぶ季節、それてゆく一匹はわたしでしょうか。

子を抱《いだ》くふくよかな胸を遂《つひ》にもたず小春にベビー服を縫ひをり

波の間に餌《ゑ》を撒く漁師の手に群れていつせいに鳴く冬かもめ見ゆ

かもめ鳴けば応へるかもめわれが泣けば君も泣くだらう　またかもめ鳴く

あれが杉あれが桧と指す父と奥多摩の駅に電車を待ちをり

御岳山《みたけさん》山頂に雪は光りゐて踏みしめて登る父の後ろを

川音の遠く聞こえる奥多摩の宿に眠りぬ父母に添ひ

消え残る三日目の雪　東京の路上はガラスの欠片《かけら》の音のす

東京駅を背景にして父母の小さくならぶ姿を写す

ＮＨＫ全国短歌大会で特選をいただいたおかげで、
表彰式の行われるＮＨＫホールに、両親を連れて行くことができました。
新幹線で東京駅に着いたとき、両親はとても不安そうでしたが、
宿をとった奥多摩では嬉しそうでした。

奥多摩は、わたしの生まれた石川県白峰村に似ています。
数少ない親孝行の思い出です。

靴箱にしまひしままのハイヒール　踵の傷が愛しくもあり

三十代初め、デザイナーをしながら東京に営業に出かけていました。
満員電車もホテル暮らしも、重たいゴロゴロカバンも日常となるまで働きました。
疲れきって、心の糸が切れたとき辞表を手にして、一緒にハイヒールも捨てました。
残した一足はまるで形見のようであり、勲章のようでもあり、まだ靴箱にあります。

幾枚もの白い書類を読み了へて手術承諾書に長女と書きぬ

手術前に手渡されたる母の指輪われの十指のどれにも小さし

手術台に横たはりたる母の顔月より白く小さくうすく

十五夜の月光のなか帰る道信号が次々点滅はじむ

午前二時満月の光《かげ》の届かねば鍵穴暗き家に戻り来

病気ひとつしたことのない母が倒れた。

救急車で運ばれた病院で即、手術となりました。

どれだけ長い時間、待合室で待ったか。かろうじて、手術は成功したことを聞きました。


母の好きな満月の日でした。

病む母は気づかざりけり窓越しに金木犀の花咲きそむる

腰掛けても床に届かずぶらぶらと足遊ばすもこの世の時間

秋の陽にゆつくりゆつくり開きゆく松かさのやうでいいから　母よ

母がわらふわたしが笑ふ　秋　あしたのことは思はずにゐる

約束の今日の日に雨が降りはじめ微熱のわたしにも雨が降る

朝な朝な物干し竿を拭いてやる昨夜はたくさん泣いてゐたらし

てのひらを差し出し雨が止んでゐると知るやうに知るすべもあらなく

幸ひは山のかなたに住むといふ今こふのとりが飛び交ふあたり
望遠鏡を過ぎるこふのとりの影速しのちつくづくと青き空なり

こふのとりを描きて見せてくれし児が戻りのバスの隣にねむる

夕焼けの幕がすとんと下りしのち窓のガラスが白くくもりぬ

短歌教室で年に一度、バス旅行に行っていました。
その年、兵庫県豊岡市のコウノトリの里へ連れて行っていただきました。
群れをなし飛ぶコウノトリはとても美しかった。
短歌と一緒に鳥が好きになっていました。

夕さりてぱしやんぱしやんと音のする川を見てゐる満月とわれ

約束の時間に少し間がありて河原の小石を踏めば痛しも

好きだつた人を互ひに尋ねあふ夜深けの碧きステンドグラス

重なりし落ち葉が風にめくられていつかの雨の匂ひがしたり

後ろめたき心を持ちてふる雪を見てをり　もつと　もつと積もれよ

海べりの露天の風呂につかりつつどこかが痛し傷もつ身なら

湯の中でふやけてしまひし手のひらをかざせば昼の白きうす月

こりこりとニシ貝を食みビールを飲むこの人にわれは癒されてゐる

この歌集を編んでいる二〇二四年一月、わたしにとって、とても大切な人が亡くなりました。
お酒が好きで、仕事が好きで、美味しいものが好きで、
いつも愚痴ばかり言っているのに、お酒を飲むと陽気な人でした。
その姿を見るのが好きでした。

頬あかき赤ん坊を抱く母親が降りそめし雪に背を丸めたり

小さい手と笑はれてゐる小さき手をさする手のあり　あしたは雪か

太鼓橋をへだてて同じ町に住み互ひにちりんとメールを交はす

われの上を羽音も立てずしらさぎの飛びゆく先に君は働く

ひと粒のしづくがしづくを引き連れて窓下《くだ》りきるまでを見てゐる

雨の日。
知らず知らず、短歌を詠んでいます。
心の中も雨が降っている気がしています。

少しづつ暮れてゆくのが遅くなり少し遠くのスーパーへ行く
いつの日か夕日のやうに落ちゆかむ麦熟るる道を車走らす

この風の色を問ふなら火の色と答へむひとり麦秋のなか

営業に来たるこの町いくつもの路地ありてみな海へと続く

この浜の漁師の食ふとふじやぶじやぶを食べにゆきたり路地裏の店

引き潮にふたつの島がつながるを見てをり遊女のゐたる部屋より

クレーン車はかうべを垂れて祈るやう秋のひと日が暮れてゆきます

うたふやうなとんびの鳴くころ仕事終へ港に循環バスを待ちをり

カタカナで呼ばるるやうな心地せり銀河あかるき冬が降りくる

声がいいとほめられてゐる冬の夜にもう一度言ふ　おやすみなさい

頬づゑの腕の角度に傾むいて家並みの上に冬北斗あり

ふいに雨の上がりてとんびが旋回し海辺の町の唐琴《からこと》近し

半鐘台を目印にして右折するすでに織機の音響きをり

綿ぼこり織機に白き工場に布を織りをり職人ひとり

しゅんしゅんと誰かがどこかで泣いてゐむ　加湿器の音さびしからずや

冷たさは痛みにも似て霜月にほろほろほろほろほろ欠けゆく心

夜、ひとり仕事をしていると音にとても敏感になります。
妹かな、姪っ子かな、母かな・・・
泣かないでと思う夜。

晩秋が少し苦手です。

想ふとはどれくらゐ重い　満天の星のこぼれてきさうな夜よ

またここでと約束をくりかへしてもくりかへしてもとぶ　冬の蝶

二〇一五年―二〇二三年

母よどこで転びしならむ右足の一歩の次の足が運べず

冬の水押す歩みもて玄関に帰り来し母小さく萎み

少しずつ認知症が進んでいた母が自転車に乗っていて転んでしまいました。
複雑骨折を起こしていて、また長い入院生活となりました。
退院して帰ってきた母はとても小さく見えました。

ぼんやりと点る記憶のそのなかにわれを生みし日に雪が降るとふ

老いにつれ忘れゆく母忘れつつほどかれゆくか雪を見てゐる

母を介護する日々が始まりました。

ひとりとふ文字を変換しつつゐて〈ひ鳥〉と出でぬさみしき小鳥

庭瀬駅すつぽり夕日につつまれてわたしの乗らない電車が発ちぬ

通勤の電車を待ちし日にもゐしプラットホームに土鳩が一羽

くるぶしにバンドエイドを貼ることも今はなくなりベンチにひとり

そしてまた電車が着きぬゆふぐれのスーツの人らに紛れて乗りぬ

庭瀬駅は、わたしの実家の最寄りの駅です。
この駅から、専門学校に通い、アルバイトに通い、営業に通いました。
好きだった人と別れたのもこの駅です。

人生ゲーム生まれしころに生《あ》れしわれ　小さきマス目を行きつ戻りつ

トランプばかりしてゐたよねと笑ひあふ三月の雪が菜の花にふる

改札にスマホをかざして抜けてゆく人らに紛れて営業に出る

乗り換へのホームで待てばわが前を通り過ぎゆく特急電車

朝霧に電車が遅れる放送に春のコートの襟を立てたり

移り来て人口四万の町に住み顔なじみの人しだいに増えぬ

「音の絵さん」と店の名前で呼ばれたりしばらく話すたぶんお客さま

お客様の顔と名前が一致せず虎の子ノートをこつそりと見る

有名にならないでくれと言ひくるる赤磐《あかいは》市長買ひ物に来て

道ばたの露店に売られ白桃のにほふこの町　夏たけてゆく

飴色にかはりつつある白桃を夜のキッチンでほほばりてゐる

長年住み慣れた岡山市を離れて、小さな街に引っ越ししました。
女性なら、結婚やご主人の転勤、新居に伴う引っ越しもありますが、
わたしは自分の店を構えるために住まいと仕事場を移しました。
自分を守ってくれていた場所、人々から離れるということは、
女であるわたしには怖かったです。
でも、引っ越しの決断は、それからのわたしの仕事の大きな勇気となりました。

引っ越した先は桃の花の咲く美しいところです。
桜と同じ時期に咲きながら、桜よりも濃い色の花の咲く早朝の丘は、
春霞の中にまあるく桃色がけぶるように見えます。

夏は格別に美味しい白桃を頬張る幸せにいます。

ぐるぐるとショールを巻いて夜明け前の大阪行きのバスに乗り込む
しばらくをねむりて覚めればバスの窓に滲みはじめる朝やけの紅

デパートの催事会場のひと隅に新作の服を並べて立ちぬ

試着してくるる人あり通り過ぎる人もありつつ幾日が過ぎる

仕事終へ雑踏の中まよひつつ花屋に寄りて買ふ吾亦紅

最終のバス待ちながら見あげをりビルとビルとの間《ま》の細き空

久しぶりに店を開けたり吾亦紅咲くかたはらに看板を置く

また営業の仕事を始めたわたしは都会に出張することも増えていました。
狭いビジネスホテル。夜遅くまで賑やかな人の往来。
避けるように探すのは、花屋さんだったりします。
赤磐では道端にも咲いている吾亦紅の花が、花屋さんで売られています。

スーパーの買ひ物かごを持たむとする父に替はりぬ気まぐれのふり

冷蔵庫のふた切れの鮭を取り出して父は夕げの支度を始む

母がさうしてゐたやうに七輪で鮭を焼きをり裏庭に出て

ゆつくりと母はお箸を使ひつつ鮭の塩焼き口に運びぬ

お茶碗を洗うてをれば聞こえくるテレビの前で笑ふ母の声

思ふやうに上がらぬ腕をささへつつ母を連れゆく美容室まで

美容室の肘掛け椅子に座らせて母の髪切る長さを伝ふ

横顔がそつくりですねと言はれたり鏡にわれと母の横顔

痛み止めを飲めばやはらぐからだ持ちやはらぐことなき心と思ふ

ベランダの取り込み忘れし父のシャツ月光に白く照らされてをり

「寒くない？」母に聞くこと日常となりて会話は途切れがちなり

「雪だよ」と声をかければ窓を開け外を見たのは一年前の

だれかれに「おかあさん元気?」と問はれをり　お母さんあなた有名人だよ

長袖のシャツを重ねて着ると言ふ　母はだんだん寒がりになり

エアコンは掃除しなくちやいけないこと父は聞きつつ悲しい顔をす

母の介護に実家に帰ることが増えていました。
食事の支度は父がするので、お風呂に入れることくらいなのですが、
引っ越しして実家までが遠くなっていたことと、
出張が増えていたりで、思うように帰れない。
それでも帰れる日は、高速道路を飛ばして帰りました。

母との時間が宝物のように大切に思えたころです。

街灯に照らされ風に揺れながらさくらはさくら花咲かせたり

咲きながら散りゆくさくら未来など語ることなく父と見てゐる

夕光にシルエットとなりゆく父よわれは母よりあなたに似てゐる

青い麦が風にそよげり幼き日暮らした街を歩いてをりぬ

「きれいやなあ」幼なじみのりえちゃんのふるさと訛りに安らいでゐる

じやあまたね明日も会へるかのやうな　バックミラーに西日が映る

ゑのころを抜くたびに鳴る茎の音　さみしさはいつか束となりゆく

うつらうつら眠りつつ聴く朝まだき「トッキョキョカキョク」ほととぎすのこゑ

ほととぎすの雌雄のこゑの違ふこと教はりて今朝は耳聡くゐる

引っ越しをして一番驚いたのが、ほととぎすの声です。
この世にこんな美しい声があるのかと。
わたしにはこの美しい声を短歌にする才能がまだなさそうです。

梔子《くちなし》の花びらのやうな襟にせむ少女の服の製図を引きぬ

小糠雨《こぬかあめ》降りはじめたり看板を終へばかほる梔子の花

縫ひさしの服をふたたび縫ひはじむミシンの明かり煌々とさせ

大切な人に逢ふとき着てもらふ服も縫ひをり生業《なりはひ》として

二十本の待ち針の数を確かめて明かり消したり　雨の匂ひす

読みさしの短編小説がふえてゆくやうに未読のメールが溜まる

返信を打ちかけてやめる　外は雨　元気な言葉を探してをりぬ

母の介護の合間も仕事は休めなかった。
休まなかった、の方が正しい。
いつも思っていました。
母ならばどうするだろう。

母ならば……

泣いてゐる妹のそばに横たはる母の口元かすかに動き
口元に耳を寄せても聞こゑない母の声なり頷いて聞く

織き織き月浮かびたり次の世にも縫ひ針をもたむわが母の指

まばたきをする間も惜しんで見る海の水平線より満ちくるひかり

母ならば沖まで泳いでゆくだらう素足で歩く瀬戸内の浜

母ならば新しい服を縫ふだらう軽くて明るい春のコートを

『てのひらを差し出す』に寄せて

野上洋子

綿菓子のようとも、さくらんぼのようとも、小鳥のようとも……

間野菜々江さんとの最初の出会いの印象はそのまま今につづく。

二〇一〇年の五月、岡山県南部健康つくりセンター主催の短歌講座が開講した。大きな窓ガラスのむこうにそよぐプラタナスの新緑の光が差し込む講座室。受講生十人のなかにひときわ若い菜々江さん。真っ白いブラウスに真珠のネックレス。

講座ではそれぞれ自作の短歌をもちより鑑賞し合う。

呼ぶ声に駆けつけたれば笑ひだす呼んでみたただけ春の陽だまり

声を掛けられたから駆けつけた……恋するものどうしの、それだけの場面を明るい映像として見せ、読む者を幸せにしてしまう表現力。私は講師の立場でありながらひそかにファンになった。

その日から今日まで十三年が過ぎた。早い。

『てのひらを差し出す』は乙女のようだった女性が、乙女のような心を失うことなく真剣に日々を重ねかさねて自己を確立してゆくまでのノンフィクションのドラマだ。

だれしも四十歳あたりから人生は佳境となる。菜々江さんにもお仕事の独立と展開、販路の拡大。ご両親の介護、お母様のご逝去。さまざまな喜びがある反面、悲鳴をあげたり、ひそかに地団駄を踏みたくなるような日も少なからずあったのではなかろうか。

しかし、菜々江さんの短歌にもエッセイにも切羽つまったところはない。悲痛な力みがない。さまざまな出来事を卵を抱き込むように受容する。自己を俯瞰する大らかさと理知がある。

菜々江さんの才能は早々に開花し、ＮＨＫの全国短歌大会で二年連続特選を受賞。

ひつたりとまつげおろしてねむる子のねむれる間に熟るる白桃

岡井　隆選

二百段登り来たりし境内にUターンせしスパイクの跡

小島　ゆかり選

エッセイについて私は門外漢なのだが、ありのままの思いをささやきかけるように綴られた文章を読んでいるうちに、いじらしさに胸がいっぱいになる。そして応援したくなる。応援しつつ気づくと私自身が励まされている。しっかり生きようと。そんな一冊だ。

歌はどれも良い。平易な言葉を使い、ゆったりした調べに乗せて歌う。

水浅き春の小川にしろじろとしじみの殻の開きてをりぬ

鮒やメダカや生き生きと泳ぎ始めるその季節。殻を開いて死んでいる蜆貝。水温む春の小川のその底の淋しさを菜々江さんは感知する。

夏が逝きサーカスが終はりゐのころを抜けばききゆつと空き地が泣きぬ

サーカスの跡地に立ち、たわむれにえのころ草を手でぬいた瞬間の音。華やかだった夏の終わりの寂寥感を、小さな悲鳴のような「ききゅっ」に凝縮させる。

わが肘に谷川のみづ伝ふときわれよりはじまる分水嶺あり

山に遊んだのか、掬った水が腕を伝った。肘を分水嶺だと感じる発想の飛躍。この歌に添えられているエッセイに「人生にはどうしても、どちらか選ばなければならない時があります」とある。だれしもうなずける。巨きな樹木の梢さへ枝は別れているのだから。

投げ出したき仕事もあればすがりたき仕事もこなして夜が深くなる

正直にストレートに心情を表現できるのは、自分自身を客観視できる理知によるものだ。菜々江さんの歌には虚飾がない。

消え残る三日目の雪　東京の路上はガラスの欠片《かけら》の音のす

大東京の危さを斬くも美しい詩《ポエム》にしてみせる表現力。

てのひらを差し出し雨が止んでゐると知るやうに知るすべもあらなく

はっと意表をつかれてしまう。目には見えない微細な雨。本当のことが目に見えない悲しさ。知ることのできないもどかしさ。

この短歌を反芻していたある日。もう誰も傘をたたんでいる雨あがりの大通りを、黒い雨傘をさして真直ぐ前を向いて歩いている男性がいた。おそらく彼は外界には目を向けてはいない。ひたすら自己の内部に目を注いでいるのだろうと思った。

菜々江さんの知りたいこと、視たいことは何だろう。

あるときは微風にも鳴る弦楽器、あるときはピアノ線のような強靭さ。菜々江さんそのものが折々にとりどりの楽器になって綴られた文章と短歌の『てのひらを差し出す』を多くのかたがたに堪能していただきたい。読み終えた時、きっと少し新しい自分になっている、さらに前へ進める勇気がもてるようになれるはずです。

あとがき

『夜中にミシンを踏みながら』を出版していただいてから、九年の歳月が経ちました。多くの皆さまから、感想やお手紙を寄せていただき、とても嬉しかったです。

九年前と暮らしや仕事は少し変わりましたが、あいかわらず、夜中にミシンを踏んでいます。

このたび、また吉備人出版さまから、『てのひらを差し出す』を発行していただき、心より感謝申し上げます。このたびの本は、わたしが少し書き溜めていた短歌をまとめています。


十三年前、家の近くのプールに泳ぎに行っていました。その施設のロビーに、「短歌のはじめ」という短歌教室の案内を見つけました。「はじめ」ということは、初心者でもいいのかなと、深く考えもせずに入会させていただきました。

そこで出会ったのが、野上洋子先生でした。

十人くらいのクラスでしたが、皆さん、ベテランの方ばかりで、

「きや、場違いのところに来てしまった」と、初日からくじけそうでした。
それでも、先輩たちに、「若い子が来た」と、喜んでいただけて、そんなにもう若くもなかったのですが、たくさんの励ましやアドバイスをいただき、今も末席に加えていただいています。

入会してすぐに、野上先生の『キリンの首』という歌集を読ませていただきました。
その夜、眠るのが惜しいくらい読み更けて、夜が明けるころ、読み終えたときには、感動して泣いていました。
一枚の絵も写真もないのに、そこに確かな人生が凝縮されていて、そのときの体温のようなものも感じられて、短歌ってすごいなあと心が震えました。

このたび歌集を作らせていただくにあたっても、野上先生に、少しではなく、ドンと背中を押されて、また、並々ならぬご指導もいただきました。そのうえ、心温まる解説までいただき、本当にありがたく、このご縁に深く感謝しています。

一昨年、母を亡くして、どうしても母の歌が多くなってしまいました。わたしが洋裁の仕事を生業にしているのは、この母の影響が大きいのですが、母のすごさに最後まで太刀打ちできず、見送ることになりました。たくさんのお客様の洋服を縫い続けて、自分のものは、亡くなる数日前、不自由な体で二階に上がり、マスクを縫ったのが最後になりました。白い小さなレースを付けていました。

最後に、最愛の父に感謝を込めて。

お母さんの介護、本当にお疲れさまでした。お父さんの介護はわたしがしますので、安心して、余生を生きてくださいますように。

最後までお読みくださり心より感謝申し上げます。

二〇二四年三月　春の彼岸の入りに

間野　菜々江

著者略歴

間野菜々江（MANO Nanae／まのななえ）

2010年　「樹林」入会
2014年　吉備人出版20周年記念ほんとまち大賞受賞
2015年　エッセイ『夜中にミシンを踏みながら』
現在、岡山県赤磐市在住
服飾デザイナー

てのひらを差し出す

二〇二四年四月二五日　発行

著者　間野菜々江
〒七〇九‐〇八〇二 岡山県赤磐市桜が丘西一丁目九‐七
メール mano7e@mirror.ocn.ne.jp

発行　吉備人出版
〒七〇〇‐〇八二三 岡山市北区丸の内二丁目一一‐二二
電話 〇八六‐二三五‐三四五六
ファクス 〇八六‐二三四‐三二一〇
ウェブサイト www.kibito.co.jp
メール books@kibito.co.jp

印刷　株式会社三門印刷所
製本　株式会社渋谷文泉閣

ISBN978-4-86069-742-6　C0092

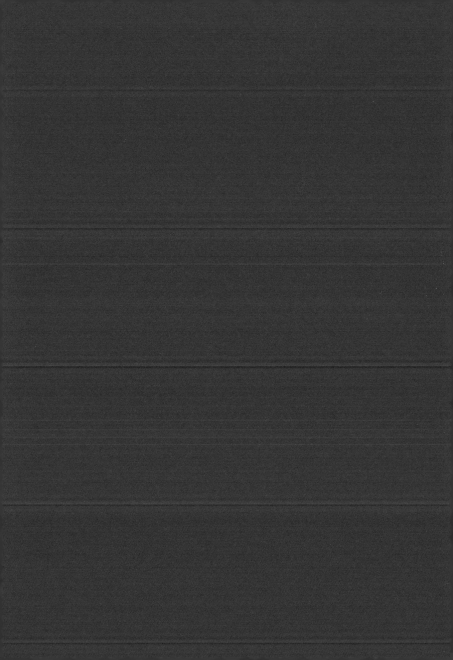